JN024448

第二章

秋山洋一

七月堂

第二章　目次

第二章

草霞む

他人の町の他人の道
背中に靴を隠し
手を振って飛ぼうとする
醬油壜のような老人を
近くで笑う遠い顔が
他人の空を仰ぎ

他人の花を眺める

降りやまぬ雨に濡れ
どこから来たかわからない
死んだのではなく迷っている
煙を見て火元をさがしつつ
耳から声を出し
夢見るような話し方の
始めがないゆえ終わりもない
仮面の中も仮面の人

人一人消えて曇る窓
二人消えて光る風

二重の服を着て花ぐぐる人の
背中を出てくる別の人が
あらんかぎりの力で押すけれど
渦に出遭った笹舟のように
小さく咳きこみ
逆さになって消える

先祖が誰なのか知らないけれど
旧くより住んで
軽くなったこの世の身体が
猫抱いているよりは
猫に抱かれている
ただ夕方を残す人の

一走りしたい向う岸の
いちめんの草霞む

ホテル・ハーバー

マスクを忘れ傘忘れ
忘れたことを忘れ
北と南をまちがえて
目覚めたところは錆くさい港
ジャンプして降りたのはやっぱり
鼠色の沖見えるガラス窓の中

針金みたいな魚が泳ぐ
「ホテル・ハーバー」

手紙を出すのに
日付を間違え署名を忘れた
ましてどこへ出したのだったか
覚えのない勝ち歌おこる壁の中
無呼吸症の人として
目覚めるところはほかにある筈だ
知らない土の匂いする
遙かサヘラントロプス・チャデンシス

裸足を脱ぎ捨てやって来た

海べりは山べりの道を
春の疾風がブリキ煙突鳴らしゆく
各駅停車ばかりある
始発駅にもどればいいが
欲しいのは片目の色違う猫と
わが多面体マスク

雪の後の雨の後の
太陽が脈打つ木の実なら
ベッドでくねる「猫は液体」？
歳を忘れた
ヒトは煙のようなもの？
一夢、二夢、三も夢

「見えない煙でいっぱい」の失錯行為のきりもなし

凍傷レース

二月には
二月の顔した猫が行く
疲れた背広には疲れた若者
新しい靴には新しい老人
サヨナラしてきた背中ゆく
空取り戻したい運河べり

標ある道の始まりで
間近に笑う遠い人

落ちて転がる団栗の
始発駅からやり直す夢
橋の名のつく駅を出発し
川や野や谷が付く駅を過ぎ
やってきたのは平らな坂の町
ラッパ聴こえる板塀から
湯の字ある煙突見える路地奥の
ガリ版匂う窓に来はしたが

「どうも死ぬ気がしない」

老人よ忘れよう
忘れてならぬものはない
夢が覚めて見えたのは
四角い町をまあるく巡る
ハーフ、ミックス、クォーター
見えない角へ曲がる猫
遠くで笑う間近な人の

口車を降りて見つける
大きな忘れ物は
空高く鳶行く
見渡すかぎりの滑走路
いまそこに始まる

われら地上の「凍傷レース」
いつの間にかそこに紛れこむ

東風吹かば

新しい季節の風が螺子を巻き
なんでも入る空瓶みたいな地蔵立つ
駅の東は崖の町
死んだら終わりと言うけれど
そこから開く窓もある？
もの言わず香りもしない草の花

残されて爪舐めて
まだ恋猫として唸るのか

表通りの人波にいて
波荒ければ角一つないキツネ石
迷い路も袋小路ももう卒えて
小さな溝を越えてきて
もう一度地番のないところまで
どこか磯の匂いする男
歳取ることとはなんだろう

町の子でない子の桜咲く
浜へ下りゆく町外れ

捨ててある布製マスクの上で
囀ることはもうなくて
蒼い眼の小鳥の一つが横を向く
知らぬ浦には知らぬ人
知っているのに知らぬ人
もうぼくを普通の人の眼で見るな

まだ死んでいないのに
なんだか透ける腰や足
乗り口はしばらく先の崖の下
後ろ向きに目を閉じて
栄誉も罪も罰もない
人の眼の届いたことのない国へ

螺子巻き終えた風に乗り
見えない港を発つべきだ

通り過ぎる街

川や橋いくつ潜ってきたんだか
着いたのは入り組んだ
この世の谷間というところ
空へ空へ　地の底へ地の底へ
灯しても灯しても暗い街
軍列のような鋲打ちならべた

ひときわ暗い鉄の迷宮

荒梅雨の地表へ出て目を瞑れば
どこを向いても坂の街
そのガード下の暗渠の上を
パチンコ玉のように弾けていたが
沖の孤島のように黙っていたことも
泡の向こうで大声出していたが
縒れ紐のように蹲っていたことも
そろって歌うこともあったが

「ここはただ通り過ぎる街だよ」と
言った人も坂の上はるかへ消えた

その坂も見えなくなった街
水を注げば寄ってくるメダカのように
光を当てれば飛んでくる蛾のように
撮影現場の兵隊エキストラのように
たくさん人がいるようでだれもいない街

やっぱりここは目を瞑って
「通り過ぎる街」でいいじゃないか
昔なんかなかった昔のことは
忘れてしまえばいいことだ
トンネルをくぐってきたのだから
トンネルをくぐって帰ればいい
乗換駅という入口にもどり

片隅の座席の絵文字のような人となり
別のトンネルをたどればいい

天道虫

知るかぎり
この世の天辺というところ
煤けた十字架の先っぽへ
上りつめて青空へ身を投げたけれど
墜ちたところは泥臭い水たまり
七つの星を裏返して

背で泳ぐことからはじめた
天道虫

仰向けの眼が眺める
井戸底のような空にも
坂上の杜に怒り肩の神様いる町と
その表通りの笛や太鼓に遠く
背の暗がりに町外れがある
そのどちら側でもない木陰に
息をひそめる亜種一族の
心のまだら模様がまた雨を呼ぶ

いつだって先のことは分からないが

波の輪行き交う水たまりの中で
これからどこへ行くのか考える
たくさんの星ある旗翻る丘の方か
南の沖の小島の木桟橋か
聖歌隊もやってくる
はるかな国の三角空地の草むらか

親の代からそうしてきたんだよ
もういちど星背負って雨背負って
百の眼に百のすがたの
いつかどこかで見たことがある
やさしく招んでいる雲の掌
そこをめざして水蹴って

もういちど下手なジャンプを試みようか
なあ天道虫

ペンキ跡

坂の途中で振り返る
四角く光る海見える町の
市場の裏のみみず道
折れ釘に吊られた土風鈴
その舌の読みがたい墨の文字
老母のような低声で

通り過ぎればそれが鳴る

たましいが抜けると
蟬の殻より軽くなるんだよ
一銭だってもたない身
言っておくけど走り回って
あっちこっち触っちゃいけないよ
この町はいつもペンキ塗りたてなんだから

よく日焼けして静かに笑う
風呂屋にやってくる人夫という人の
ランニングシャツの形に焼け残る白い膚
そのようなまだ番地のない曲がった土地

そこはまたこども讃美歌ひびく野で
大きなバッタのように羽搏く人がいた
遠い国に飛びたって後知れぬ
ちぢれ髪した青い目のわが牧者

覚えがあるような無いような
夏帽を横帽にしてくる
溝くさい町銀座が尽きれば
その先にある猫じゃらしの路地
大きな西日の小さな窓を過ぎ
つるべの下に飛ぶ雲や沖の潮目ある
古井戸のぞいてきた顔で
帰ってきたんだか出かけてゆくんだか

なで肩の徳利みたいな老人の
尻に一筋ペンキ跡

精霊馬

どこから帰ってきたのだろう
打ち上げられた藻に横たわるのは
茄子や胡瓜の精霊馬
その前に列んで座る軍帽の怒り肩
それが西日に透けるとき
眩い沖へ水をくぐってゆく涙を

目で追っていた人

振向いて見る港湾倉庫の
嵌め殺し窓は西日窓
その向うの入組んだ路地に
溝板も坂もつづく町
そこから来た少年はもう帰ったか
送り火のような
八月の星ばかりある旗の下へ

鉄屑に止まり伸びをする蠅
水溜まり出てまだ濡れている蜻蛉の眼
大仰に鎌振り上げて呼ぶ

かまきりのかまきり声
もう死真似はしない死んだ天道虫
磯の外れの草原の夕まぐれ
足下から飛んだ蚊を打てば
掌に残る他人の血
そうしてきみも透けてゆき

残されて眺める
小鉢に残るひとひらの胡瓜もみ
窓辺には時ならぬ雨
その雨と夕闇に紛れゆくメシア像
その背に喉を濡らして吠える犬
潮時はもう過ぎて

裸電球の下で薄々笑う
セルロイドくさいお面がある

*

日傘

ソーダの泡も尽きている
残土の暗がりから這い出た
半透明の翅のような
海風がゆく町の運河べり
蟹のようなとんがり眼を掠め
橋を渡って去ってゆく

少女の日傘の波模様

薄々と青く
塗り替えられた地図に載る
知らない町には知らない路地
見えない窓を開ければ
薄々と匂う海
その沖から届く祭り笛
時は過ぎ人は去り
一人残されパン焦がし

思い出す町には思い出す人
その人が差す日傘の

色褪せた飾り紐
まわる母　まわる傘　まわる町
日盛のバス停の
あんなに小さな傘の陰
その後ろにもっと小さな夏帽子

どこかで見たことがある少女の
尖る靴音とすれ違う
はるかな町の入組んだ坂上り
帰ってくる日傘の人
玄関扉の前でそれを閉じる
今日を閉じる
待っている暗がりに

生涯のほてりを宿すそれを置く

ねずみ花火

誰かが呼んでいるような
道を挟んだ石階段の下には
幾重にも折り畳まれた
潮くさい浦の町がある
迎火のようなマッチ擦り
瞼を閉じればそれが見える

手鉤をかざす小男たちの魚市場
その内湾に架かる鉄の橋
その向こうのチャペル出る
やさしいお姉さんの薔薇タトゥー
水滴る崖匂う道を
大股で艦へ帰るヘイタイの斜め帽
赤い目の鷗や首長の鵜の爆薬島
そこを過ぎって帰る兄さんの
傾き疾るポンポン船

神様も帰ってくる夜の町教会
無口な門番のような電柱と

錆びた自転車ある夏草の裏道を
針金のように痩せた人がくる
虫たちを黙らせ黙らせ
灯るねじ錠玄関の前にやってきて
自ら翅を生やして飛んでゆく
その夜空ゆく精霊舟の数しれず

海風が抜けてゆくトタン長屋の
節穴のような路地の暗がり
母という人のスカートの闇くぐり
市場の裏の溝伝い
ひとすじの煙を残して
空へ続く坂へ消えたねずみ花火

信じても信じなくても飛んでこい
バケツ係の弟よ

「第八圏」

「蝿が蚊に入れ替わる」
夕まぐれ
誰が箸を使ったのか
人の食卓に残された焼魚の
うつくしい骨の城に
赤い灯火がしみる

そこへ小さな波のように
うっすらとほっそりと
一つまた一つ
窓べりを過ぎていったのは
「影か
影のような人か」

「開く鍵」を首に下げ
裏通りを渡れば
翅あるものが鳴いている霊の園
もう包むものも
包まれるものもなく

その後は知れぬ終りの始まり
「閉じる鍵」を出すべき時

住みなれた町は
住み過ぎた町
「空の煙や水の中の涙」のように
消え失せた
お姉さんたくさん
お兄さんたくさん
窓べりに一人残され歯を磨く

ナターシャ

丘には轟く砲声
下界にはかすかな寝息のようなもの
その狭間の切窓の下
暗がりに生まれたカマドウマなら
また暗がりへ跳ぶだけだ
鎌をかざして生まれたなら

長衣のかまきりに扮し
三角頭を傾げていればいい

ここは墓苑というところ
高きに舞って後知れぬ者なら
最期の蝉とも名なしとも
水に沈んだポスターの笑顔が
ときどきは吠声あげる
それが目ざめということか
十字架に寄りそう菩薩像
その妙法の墓石の上のツクボウシ

たくさん殺せば褒められた

逃げて帰れば殺された
死者のことは死者に訊くほかなく
溢れるほどに澄んだ空
何がいいのか　わるいのか
空はただ頷くだけだから
町はずれから来て暗がりにいる
無口な虫売りでいるだけだ

見渡すかぎり
数えきれない人の道は尽きていて
これより先は知らぬ道
霊魂は不滅と
遠い寒空の下の金髪の少女の

大きな声に励まされ
仰臥するとき地べた見る

墓標

ここを通っていったのは
還ってきた大人たちの外股
子供たちの泥のズック靴
息荒く喉を濡らした半ば野の犬
そして自転車の轍残して去ったのは
いつも薄暗がりの方にいた

なんでも知っていてなにも言わない
深帽子の虫売りの男

夢の中のような
音ひとつない真昼時
群れに遅れてやってきた
棘ある草の中で鳴いていた虫
声をかければ首を傾げて振り返る
さぐるように前肢をかざし
風のように無色の翅を生やすと
来た方へ飛んでいった

別の虫ならば

光を避ければ暗がりがある
坂を下りれば谷がある
この世の隙間や割れ目にいるかぎり
丈夫な後ろ足さえあるなら
焦げたまま醒めた膚に
闇を見透かす触覚があればいい
不要なものは空と翅

燃え落ちて始まった幕開け
残された一夏の原っぱに
朝露とともに生まれた命の
その後のことは誰も知らないが
駐輪場もある町の公園に

よく跳ぶ虫の後ろ肢のような
墓標が一本立っている

鳩サブレ

秋時雨が崖の匂いをさせてくる
ジャズが聴こえる異人街
波立つ港湾には鉛色の軍艦
海兵歌う昼のバーで
女がいろんなものを出し
やさしい眼差しの

見えない敵が通り過ぎる

沖を見れば
小さな島の上の青い空
それに近づくと無数の罅が見える
降りてくるのは雲の疱疹
禁じられていない木の実として
崖から落ちた団栗が仰ぐ
各々の空
その海辺の窓の二百号

人の世の戦は戦
空はやっぱり空だから

人は人の分を生き
団栗は団栗の分を生きる
桟橋に釣られた鯊はそっぽ向き
枯蟷螂はただ飛ぶ真似をするばかり
島にあるのは朽ちた爆薬庫
小桟橋の曲がった灯

曇り窓を過ぎる稲妻
新聞紙に広げた煙草滓を巻き直し
煤電灯の下で聖書読む
星の欠片のような人もいた
いまカタカナばかりになった町の
残された斜め空仰ぎ

鳩の形のサブレをかじる
白い団栗頭の男がいる

*

迷い神

崖の途中に飯粒散らし
残る虫の鳴き声を従えながら
野を渡り橋を跨いで
半袖姿でやってくる潮風の
瞳は十月の海の色
そこに尖る背を向けている

捨てられた欠皿のような小漁港

入組んだ浦の路の片隅の
灯る曇りガラスの中
きれいに喰われた鯛の顔が
誰かのように微笑んでいるけれど
それが誰であったか目を瞑り
考える人には考える椅子
深呼吸してくずおれる
砂の人には砂の椅子

よく撓る細指で描いた
窓辺に延びた色とりどりの

とりどりに傾く蔓草の実
そのような少女らが登っていって
輪になり歌った砂の丘
そこも折り畳まれて久しいが
こぼれた実の一粒が
はるかな審きの蒼穹を映している

見上げていれば
降りてくる使徒の足の指の反り
拝むような形の軍手が落ちている
坂ゆく風の迷い神
下の海辺に散歩に疲れた犬といる
小銭ばかりのポケットが重たい人の

帰るところはどこなのか
沖の小島や雲に見入りはするが

冬の始まり

道端に見上げるドングリの実の
みなそっぽ向く空の下
各駅停車で来る人も
快速電車で到着する人も
街から循環バスで来る人も
湾を見下ろす曲り坂に息弾ませる

白亜のドームあるところ

一九四×年
よく乾く厚い衣の下に
薄い蒼い血めぐらせる
錆くさい冬木の町へたどり着き
歪んだ船渠のほとり
国籍知らずの迷い猫といっしょに
みんな昔は若かったと
もう影もなく笑う人たちが

鳶のように雲間に消えた後
腕まくりして駆けて上がってきた

見たことがないのに懐かしい
坊主頭の少年が
これからどこへ行くんだか
手を振りながら歌いゆく
聴いたことがないのに懐かしい
異界の歌に耳澄ます

夕まぐれ
墓山から下を見れば
硝子瓶の欠片のような湾岸へ
あの頃のように
オールバックの髪光る
斜め肩の兄貴に背を押され

振替輸送でやってくる
冬の始まり

鵯

棒杭も棘線も無い空の下
南の隣は東の海辺
鵯がなにか叫んで過ぎる
闇米屋も隠れていた浜通り
白ペンキの写真館もあったあたり
工事現場の鉄骨に

冬の蠅が昔の光浴びている

はるかな島から帰ってきた
湾なす脚の神様の国
空き缶みたいな寒い部屋
冬菜を提げた母と
水団を掻きまわす父がいた
大股で表通り行く異国の水兵
後ろの窓からは岸に砕ける波の音
きりきり締めるねじ錠

海辺の駅は始発駅
ミルクホールは坂の上

そこからどこを辿ってきたんだか
この町の吐息のような冬靄の中
忘れ物みたいな老人が
忘れ物して帰る坂
それが一体なんであったのか
もう届かない波の音

知らん顔して晴れてゆく空へ
ひとひら落ちていく枯葉
角を曲がれば不動堂
その異形の主の反り返る歯の下に
灯るがごとき林檎を見た
もう一つ角を曲がって帰る家

その窓下に置く実千両
その残りの一顆を啄みにくる鵯

人日

用事もなくてもう六日
祈るでもなく歌うでもなく
遠い雲に向かって跳ねる真似
冬萌の坂上がる
異人・異教徒・まだら猫
坂の名のつく西の町にいて

鳩にパン屑投げている

積りに積って崩れる年月
くすんだ丸窓に人の影
眼光らせる猫の後から鼻光る人
跨ぐともなく跨ぐ溝
ふと覗く身の内の深い井戸
知らないふりして知っている人
巻かれ続けたビニール紐を解けば
隠した指の傷が痛い

もうそろそろと告げられて
残る寿命で有り金を割ってから

戸籍調査をしてもらう
それにしても軽過ぎるこの世の蒲団
その中のがらんどうの夢過ぎる
棒口紅のような少女の
スマホみたいに忙しなく

点滅を繰り返した
男よ病気自慢をもうするな
妻よ葱匂う手の剃刀を捨てよ
その日暮らしも忘れ
ついでに一生（ひとよ）も忘れるとき
あなたの中で煮くづれてゆく南瓜
どこかで淋しく鳴ってる風力計

用事もなくてもう七日

オフ・リミット

前が海なら後ろは崖の町
まだ金臭い夢にある残土の浜近く
六つ目籠提げた母がいた
昔も先もまだなくて
パンを千切って青い豆を探す子ら
ただ一人残された漁師が

残された汀から枯草の間に舟を曳く
覗けば見える隠れ浜

勤め人みたいな顔して
急ぎ足で通り行く知らぬ犬
アコーデオンを鳴らしていた
義足のおじさんたちも
今日からは代書屋、どぶろく、鉄屑屋
どこからか聴こえる鐘の音
義足を脱ぎ後ろポケットの中で
この世の暇乞まで指を折る

もとより海の中だった

この町のゴミ回収
ヒロポン、輪タク、鉄条網
遠いネオンの町から移りきた
お姉さんたちいる白い家
埋立の戦争ごっこが好きだった
スーベニアの兄妹たち
六ッちゃん、マッキー、のぞみちゃん

ブリキ煙突の向うに星の旗見える
入江の奥の魚市場にいる
手鉤の人の上で裏返る赤目の鷗
炭屋の倅の世間話にも
キリイカと干大根にも飽きた少年たち

暗緑のガードを潜り
オフ・リミットの崖先へ姿消す

凱歌

遠い海からやってきて
寒い水底に蹲るだんご魚
ざわめいている日溜りの水仙花
棄てられた屑鉄のような人たち
曲がりくねった湾沿いの罅割れた港から
身軽になって去ったボロ船の

誰も知らない行方

こぼれた一滴を探すなら
残る千滴を瓶ごと放ってしまえばいい
見えないものを見たいなら目を瞑れ
魚のことは魚　花のことは花に訊け
棄てられた人のことなら
瘡蓋剥がしで始まった暮らし終え
もう見えぬ丘の窓から覗く顔の
今は静かな笑みに訊け

残された枯葎の向う
かすかに砲金の匂う浜辺で

戦争ごっこをしていた
屑鉄みたいな子供たちの中の
一人は遙かな西の町にいて
パン屑で鳩呼んでいる
一人は遙かな東の町にいて
着ぶくれの釦の数に指折っている

橋の先の停留所
もうバスが来るこの世の出口近く
もう一人手を振って去ってゆく
橋いそぐ人の背中には
いまは隈なく冬日の中にある
少年たちの秘密の隠れ浜

屑鉄にこそ凱歌あれ

用なき猫

日溜り一つ残されまた眠る
路地猫には路地猫の夢
見えないもの見えるまで
雲の山河を越えて行くが
ふと地上を振向けば
顔の前には元の四丁目

もとよりそこは「漂泊の道」

音しない足音通る
「入る門」は「出てきた門」
きみは誰だったのか
見覚えのない提灯顔
まだ毛に包まれたままで
影もない縞模様をもう
クリームくさい手で触るな
貸しボートのような靴で踏むな

夢の雨に濡れて鮮らしい
沖の孤島の灯の額に

もう人の言葉の釘を打つな
心の匂いを嗅ぎ分ける
鼻に蠟を溶かしてはいけない
透けている闇も
血塗られた風も撫でてきた
髭を数えてはいけないが……

「涙で汚れた」
毛玉のような魂を転がして
風切って人の世を通り過ぎてゆく
聖なる白い翼へは
いまや顔より大きい口開けて
よく研いだ爪立てる

夢から覚めた四丁目の
用なき猫の忙しなさ

空と崖

覗けば覗く顔映る
昨日の雨のたまり水
そろそろなのかまだまだなのか
通りに向かって首傾げるけれど
遙かにあって傍らにいる
この世の神様はみなへそ曲がり

お尻の形もみなおなじ

いちめんの日当たりに
日陰すみれが芽を出す埋立地
曇り窓よりもっと曇る顔
大火事の後の空の灰色
入組んだ半島の海岸線から
振り向く頸の一つなく
帰っていった渡り鳥

練炭炬燵もちゃぶ台も布団さえ
同じ傘電灯の下に置いた
ポンポン船の音が聞こえる

巣箱のような小さな家の
海辺の窓にはもの思う姉たち
遠い港を旅立ったときのように
ここを後にするのは
そろそろなのかまだまだなのか

異国の人が造って間もない
礼拝堂の二階窓
あの世でいつまでも生きるため
この世でいつかは死ぬのだと
傍らにいて遙かな人に聞いた今日
海はただいつもの海だけれども
どこからか匂いくる

過ぎし世の板絵の中の
空と崖

第二章

斜めに構えた立看板
上着の上にまた上着着た町へ
一人遅れてやってくる
同じように着ぶくれて
まだポケットの足りなくて
首を傾げて「ゲート」をよぎる

頬こけた昔の少年

その三角目掠めゆく
沖の島の形のゴミ収集車
「Speed down」を突進し
「No left turn」をま左に
まだ覚めぬ残土の夢へ
カモメ　波音　ドラム缶
空き瓶　空き缶　引揚者さん
いちめんに異界の花咲く埋立地

勤めをやめた顔をして
悴む指で小銭を数えパンを買う

その中の豆粒のように
溝板街から溝板が歌うなら
渡る海鳥に紛れこんだ鴉のように
のせられて踊り出す少年たち
もうそれを横目に通り過ぎるな
思いをこめて輪に入れ

もう知っている誰がいるでもない
この町の「hotel」の客として
昔の冬の顔になるのなら
始まっている第二章
少年がこの世の人に成る日
磯匂う町外れの慰霊碑の中から

「老いたる者の美しき」
白髪の人がくる

あとがき

前詩集「忘れ潮」から一年半ほどですが、半世紀以上にわたった会社勤めに一区切りつけ、今更ながら「第二章」が始まったような気がしています。詩は近作からの二十三篇です。

いつもながら面倒をおかけした尾澤孝さん、「七月堂」の知念明子さん、ありがとうございました。

二〇二三年　五月

第二章

著者　秋山洋一

発行日　二〇二三年一二月二〇日　発行

発行者　後藤聖子

発行所　七月堂

〒一五四・〇〇二一　東京都世田谷区豪徳寺一・二・七

電話　〇三・六八〇四・四七八八

FAX　〇三・六八〇四・四七八七

印刷製本　渋谷文泉閣

ISBN 978-4-87944-559-9 C0092